U0068029

理想的愛

藍色水銀、語雨、765334、君靈鈴 合著

天空數位圖書出版

love

love

love

是愛還是？

文：藍色水銀

理想的愛

很多人都有崇拜明星的經驗，也有人想要把明星當成伴侶，所以早期的偶像明星，都要強調自己是單身，就算談戀愛也遮遮掩掩，或是找一個知名度也很高的，這樣粉絲們才不會那麼傷心。

1977 年，家裡買了第一部彩色電視機，雖然螢幕只有小小的，但以父親當年的薪水來說，已經是奢侈品，除了卡通影片：科學小飛俠、小甜甜、無敵鐵金剛之外，張小燕主持的綜藝一百也是我愛看的，那時候，出現了一個巨星：鄧麗君，只有十歲的我，迷上了她唱的《夜來香》、《小城故事》、《甜蜜蜜》，也迷上了她的美貌。到了 1983 年，她的《淡淡幽情》專輯大受歡迎，在我心中，也正式的把偶像升格成為女神。

鄧麗君古典美的外表加上溫柔婉約的歌聲，不知陪我度過了多少寂寞的夜，專輯中的第三首歌《幾多愁》更是打中了我心中多愁善感的那一面，最後兩句「問君能有幾多愁，恰似一江春水向東流」深深打動我的心，也是開啟我對詩詞興趣的鑰匙，更是我日後創作百首蟲詩的動力，也是我能夠見景留詩的關鍵，日後如有機會，定將這些蟲詩與臨時起意的詩發表。

1995 年，鄧麗君因氣喘發作病逝，我除了難過，也無法做什麼！翻出那張我收藏的唱片《淡淡幽情》，呆呆地望著封面上的她，眼淚不自覺的滴落在封面上，她悄悄地走了，卻也永遠住在我的心中。

我不能接受妳的愛

文：藍色水銀

藍色水銀

理想的愛

　　在撞球場打工的那年，我正在等當兵，一個年紀跟我差不多的女生常常來捧場，不過她是個初學者，老闆怕她把撞球檯布給戳穿了，要換很麻煩，還得花大把銀子，所以派我去指導，於是認識了她，很快的，她就跟我告白，但她實在不是我的菜，眼看就要當兵了，只好來個快刀斬亂麻，希望來個長痛不如短痛。

　　雖然不是第一次拒絕女生，但這次有點麻煩，她知道我家在哪裡，也打聽到了電話，所以她偶爾就會在樓下，跟我來個不期而遇，其實不知道是等了多久？再不就是電話轟炸，搞得我老媽神經衰弱，乾脆把話筒擱在一邊，結果我父親有事打不通，還派了一個朋友回來關心。該拿她怎麼辦呢？答應她到麥當勞吧！在那裡做一個結束好了，但她居然找了好朋友一起，讓我不能當她朋友的面拒絕她。

　　我說無法接受她的愛，她說感情可以慢慢培養，我說我有喜歡的女生，她說不介意跟別人共享我，我說我要去當兵了，她說多久都可以等，無論我怎麼說，她都有自己的說法，於是，我只好躲在家裡等當兵。從新訓中心放假那天，我回到家的樓下，她捧著一束花來等我，不知道是天天這樣等？還是有人洩漏我的行蹤？我要她別浪費時間了，我不想耽誤她的青春，希望她找一個情投意合的男生，或許她聽進去了？我不知道，因為從此再沒有遇到她。

我們可以只是朋友嗎？

文：藍色水銀

藍色水銀

　　有一種愛叫相見恨晚，雙方都已經有家室了，或許已經都不愛自己的丈夫或妻子，但非常愛自己的小孩，所以離婚也不是，不離婚也不是，卻又還是想跟對方在一起，於是見面很快樂，回家很痛苦，在快樂與痛苦之間徘徊、煎熬，雖然肉體還沒外遇，但精神已經外遇，想真正在一起，恐怕沒那麼簡單。

　　她回家之後，丈夫跟她求歡，為了不露餡，她還是跟丈夫有肉體關係，但心裡卻想著別的男人。他回家之後，妻子問怎麼那麼久沒碰她？於是他的心裡想著別的女人，卻是跟妻子做愛。再見面時，兩人互吐心聲，都跟對方表白，但礙於現實，還有小孩的問題，討論了半天，都覺得不太可能解決，也怕傷害小孩，卻無法阻擋心中的慾望，於是她拉著他的手，驅車前往汽車旅館。

　　但他沒有心理準備，在衣服脫掉之前，他問：「我們可以只是朋友嗎？」，她沒有回答，朝他嘴上吻下去，兩人乾柴烈火，甚至來個第二回合，天黑了，終究是要回到各自的家庭，否則只能攤牌，在不願意傷害自己小孩之前，只能背著外遇的醜名，繼續委屈自己，但他的妻子早已經不是那個溫柔賢淑、持家有道的女人了，而是變成河東獅。她的丈夫早就在外面有小三，也經常去酒店招蜂引蝶，早就同床異夢，當她提出離婚，丈夫二話不說就簽字，但河東獅可不是好惹的，堅持不簽，還毒打了他一頓，但也因為這行為，讓他在法庭上順利勝訴，不過小孩的監護權還有得爭。

我需要妳──離我遠一點

文：藍色水銀

被一個沒感覺的女生喜歡，可能會想拒絕她，也可能會給她機會，讓彼此互相了解，但是被一個不喜歡的女生喜歡，真的很想告訴她：我需要妳——離我遠一點。到底為什麼不喜歡她呢？身材有點豐滿，大概多半個我，菸不離手，一天抽兩包，啤酒當飲料，總是醉醺醺的，長相就是朋友看到會說從《侏儸紀公園》跑出來的那種。

我對她沒有成見，她抽菸、喝酒、罵髒話基本上不關我的事，那是她的選擇，當然，她有對我告白的權利，而我也有拒絕的權利。她問：「為什麼拒絕我？」

「妳太腫了！」

「我可以減肥」

「妳抽菸」

「我可以戒菸」

「妳喝酒」

「我可以戒酒」

「妳愛罵髒話」

「我可以不罵」

「等妳都做到了再說吧！」

「我現在就做到啦！」

「別玩文字遊戲！」

「到底要我怎樣啦？」

「我需要妳──去找別的男人,我需要妳──現在就離我遠一點」

「你的話好傷人」

「再說下去會更傷人」,

「說來聽聽!」

「麻煩妳去照照鏡子,看臉會不會裝不下?」

「你太過分了!」

「還想聽更過分的嗎?」

「你敢?」

「有何不敢!我是在幫妳,妳愛上我,只會帶給妳痛苦,我現在是在減少妳痛苦的時間,妳懂嗎?」

我真的不想傷害她!但我也真的不想給她機會,造成我的痛苦跟壓力,說那些話,是希望她能就此放棄,再這樣糾纏下去,遲早會把我逼瘋,或是說更難聽的話,希望她早日找到可以接受她的男人,這句話說完,她好像懂了,再也沒有出現在我生命裡。

生戀師

文：藍色水銀

藍色水銀

理想的愛

　　她剛畢業，這是她的第一份工作，雖然在教學上仍然有些生疏，甚至有點羞怯，但美艷的外表，卻深深吸引了一個男學生的目光，學生從愛慕變成暗戀，每天思念的結果，讓學生很痛苦，他終於等到一個只有兩人共處於教室的機會，一開始是有問題問老師，但他情不自禁，沒看課本，而是盯著老師的臉蛋，她發現學生心不在焉，學生乾脆直球對決，向老師告白。

　　告白之後，她顯得有些不知所措，因為十七歲的男生正值血氣方剛，而兩人的年齡差距並不算太大，一直認真念書的她只談過一次戀愛，被男友甩了之後，便很少跟異性聊天，把自己封閉在書本的世界裡，三年來，學生是第一個跟她告白的異性，雖然說有道德的瑕疵，但她內心動搖了，因為這個學生除了年齡太小之外，外表、身材、談吐，都是她喜歡的類型。

　　為了掩人耳目，老師只能讓學生在下課後到自己的住處，為了方便學生出入，她甚至給了學生一把鑰匙跟感應卡，這樣就不用一起搭電梯，鄰居就不會指指點點，兩人的關係從師生變成朋友般，幾個月後才成為情侶，為了保密，兩人在學校不會互相打招呼，直到學生上大學，兩人因為距離太遠，一南一北，才導致分手，不然戀情可能會持續下去，隨著她的年齡越來越大，告白的學生越來越少，三十歲之後就不再有學生跟她告白了。

老師愛上老師

文：藍色水銀

　　兩個成年人相戀，並不是什麼大不了的是，但在八卦滿天飛的校園裡，可不是這麼單純，任何的風吹草動，都可能變成校園頭條，引起軒然大波。男老師又高又帥，女學生粉絲一堆，女老師氣質出眾，配上清新甜美的外表，不知迷倒了多少小男生，郎才女貌，應該沒人反對他們交往，但消息一出，卻不是我們所想的如此單純。

　　另一位女老師，忽然對女老師充滿敵意，並故意攔住男老師的去路，然後抬頭看著他，但重點不在此，這女老師居然故意倒在他懷裡，企圖讓女老師吃醋、吵架。男老師這邊也不平靜，另一個男老師早已暗戀女老師，卻遲遲沒有行動，沒想到被捷足先登了，他心有不甘，聯合剛剛那位女老師，想要拆散金童玉女，幸虧有同事看不下去，幫忙解釋，誤會才解開，兩人戀情才得以繼續。

　　老師這邊的情敵問題解決了，女粉絲可沒這麼安靜，一個女學生在校長致詞的時候，爬上頂樓，就在校長的身後，折騰了半天，女學生要求男老師到身旁，好說歹說終於願意下來，條件是男老師抱著她下來，這一幕被多事的情敵，也就是另一個女老師拍下來，沒多久就全校皆知，女學生陶醉的表情惹怒了女老師，兩人第一次吵架，雖然是非戰之罪，但女老師愛吃醋的缺點開始被情敵利用，屢屢收到男老師跟女學生們嘻嘻哈哈的畫面，最終女老師受不了，竟然提出分手，草草結束短短幾週的戀情。

師戀生

文：藍色水銀

藍色水銀

　　他雖然為人師表，但個性內向，下了課就回家，幾乎沒有朋友，每晚陪伴他的是手遊、PS4、成人網站。上課的時候，他通常照本宣科，該考什麼都會畫重點，因此學生對他沒什麼怨言，但有學生檢舉，說他都洩題，害學生都自以為成績很好，然後就不用功，因此，他被校長叫去唸了一頓，從此他的性情大變，上課都會指定學生答題，答不出來就放學後留下，單獨教學，成了人見人怕的鬼見愁，而他出題目也開始鑽牛角尖，因此被當掉的學生將近三成。

　　這一年，他才三十二歲，又被學生投訴太嚴格，但禍是之前的學生捅的，校長覺得這樣很好，可以逼學生用功，因此沒有責備他，反而要求他繼續執行目前的教學方式。九月到了，又是新的一學期，他的班上來了一個女生，他一眼就注意到她，可能她的長相太過於像他喜歡的女優吧？該怎麼接近她？問問題？不，那太明顯了，如果她不用功，就當掉她，然後讓她到自己家裡補課好了。

　　偏偏女學生真的愛玩又不用功，給了他很好的藉口，進到他家之後，他打開電腦，將他喜歡的女優影片給播了出來，在女優臉部特寫的畫面停格，接著他對女學生告白，說喜歡這個女優很久了，如果女學生願意經常跟他做愛，便讓她高中三年都及格，女學生想都沒想就答應了，其實這三年，兩人在言語上沒什麼交集，畢業後就沒再連絡，他也把目標轉移到新進的學生身上，故技重施。

年齡不是問題

文：藍色水銀

　　年齡不是問題、身高不是距離、體重不是壓力，這三句話常常被拿出來談，但真的是這樣嗎？先談第一樣吧！老夫少妻的話，妻子可能三十多就必須守活寡，萬一丈夫久病，真的是情何以堪啊！而老妻少夫也需要很大的勇氣，男方可能被笑吃軟飯，女方可能被誤認為是丈夫的母親，一兩次可能算了，萬一鄰居多嘴，那可不得安寧。

　　而身高真的不是距離嗎？緊要關頭要親吻時，三四十公分的差距，真的是遙遠的距離，萬一女方高過男方太多，閒言閒語難免，不是女方包養男方，就是女方貪圖男方的錢，真想在一起的話，雙方都要有很大的勇氣，還有決心。另一個障礙是雙方的父母，萬一有遺傳身高的考量，真能通過重重關卡的又有幾人？

　　體重不是壓力應該是騙人的？試想一下，一個體重五十多公斤的男生，配上百公斤重的女人，會有多少的閒言閒語呢？而男方體重如果破百，女方願意跟神豬一起嗎？套一句梁靜茹唱的《勇氣》，歌詞「愛真的需要勇氣來面對流言蜚語」，而下兩句則是最重要的「只要你一個眼神肯定，我的愛就有意義」，面臨以上三種情況，真的需要很大的勇氣，才能在愛的路上一起走到終點，當別人鼓起勇氣後，請把流言蜚語停在心裡別說出口，最好想都別想，默默祝福或是真心祝福都好，說不定人家很幸福！閒言閒語反而變成嫉妒，腐蝕了自己的心。

近水樓台先得月？

文：藍色水銀

　　有一種愛情，叫做青梅竹馬的愛人，不管對方跟你認識了多久？也不論最後是否修成正果？青梅竹馬在某種程度上來說，其實是哥兒們，而不能算是戀人，由於雙方太過了解彼此，到最後便失去了神祕感，當天菜降臨兩人之間，哥兒們很可能馬上變成工具人跟備胎的綜合體，失戀只是剛好，因為兩人從未真正的談過戀愛。

　　跟青梅竹馬類似的就是國中跟高中同學，或稱為班對，同學間，要不就是光明正大曬恩愛，要不就是保密到家，前者宣示型的作法，就是希望第三者別來攪局，但未必能夠成功，有時，愛慕者正虎視眈眈地等著，只要其中一方犯錯，便有可能造成分手的理由，而因為太過了解對方，早已失去新鮮感，隨時有可能因為天菜降臨而產生化學變化，成為三角關係或是更複雜的局面。

　　上了大學之後，狀況就更複雜了，同班同學會因為部分課程選修，還有參加不同的社團，以及打工的地點不同，租屋處的不同等等，每個場所都可能有一個以上的人是近水樓台，但他們的對象卻是同一人，萬一這同學三心兩意，不小心就會腳踏兩條船，貪心一點的就變成三頭六臂，再過分一點的就變成章魚的模仿者：八爪女，而某位網紅曾經街訪大學女生，竟然有同班女生在比賽，看誰先達成百人斬的，這簡直讓人頭皮發麻啊！也許你的現況是近水樓台，但畢竟水中月只是幻影，想撈月，小心別掉進水裡淹死了。

百用工具人

文：藍色水銀

藍色水銀

愛一個人，可以有很多面向，可是當一個百用工具人並不是好的選項，擁抱時沒有你，親吻時沒有你，歡樂時沒有你，但她傷心落淚、吐苦水、倒垃圾時，就會找你，她需要苦力幫她搬家、修水管、換燈泡、買東西、排隊買零食就會想起你，在她眼裡，你就是百用工具人，而不是戀人，我知道這很傷人，或許更傷人的是當你費盡心思幫她完成任務後，換來的是她在巷口跟戀人吻別，而你只能在遠處哭泣，看著心愛的人愛別人。

遇到這樣的女生，我的見解是趕緊放手，能離她多遠就離她多遠，免得那天她又忽然撒嬌，要你去幫忙拿個包裹，結果剛好被荷槍實彈的警察包圍，正當你一頭霧水時，已經成了代罪羔羊，被她賣了還幫她數錢。也許不是每個女生都這樣，但會利用工具人的女生，往往不只一個備胎，你只是眾多備胎中的其中一個，她是你的全部，但你只是她的繁星之一，如果備胎太煩人，她還會安排兩三顆星星互相吸引後而碰撞，一次甩掉三個不喜歡的備胎。

但有的女生是真心的，她只是為了考驗男生的誠意，免得日後結婚得自己換燈泡，這樣的狀況時，差別在於她不會只差遣你去做苦力，她偶爾會答應約會，並不介意牽手，甚至親密一點的動作，而上一段那種，不會給你甜頭嚐，只會給你苦頭吃，差別其實很明顯，不是嗎！？

是備胎還是愛人

文：藍色水銀

　　當一個女生太受歡迎，她身邊必定有很多男生圍繞著，有人搶當百用工具人，也會有人搶著當備胎，如果她的現任表現不如預期，那麼備胎確實可能升格，變成男朋友，但萬一女生三心兩意，那麼即使現任不怎麼樣，她還是寧願守著現任，畢竟現任才是自己喜歡的，這時備胎就會很尷尬，進退兩難，放手去追必定遍體鱗傷，不追又讓自己陷入單相思，心裡的感受就是：煎熬啊！

　　於是不斷有人搶當備胎，也不斷有人放棄這個身分，一直循環著，直到女生想安定下來。其實備胎跟愛人之間的差別還是很明顯的，只不過是備胎願不願意放下尊嚴，接受事實而已，備胎的意思就是有事找你，沒是請你乖乖待在行李箱裡，不管我在上面堆了多少東西，丟了多少髒東西，都與你無關，除非爆胎了，除非輪胎真的壞了，否則備胎就會一直被關在行李箱下層。

　　會選擇當備胎，一定是非常喜歡這個女生，即使她身邊已經有護花使者了，但別忘了，備胎的作用是什麼？沒事別去吵她，否則就會成為她心情不佳的原因，到最後連備胎都當不成，備胎還要有心理準備，就是她隨時會結婚、生子，而備胎只能含淚恭喜，或是要你一直等下去，等到天荒地老還是輪不到你，這麼痛苦的過程與結果，還要當備胎嗎？不如早點放棄，因為單身狗都比備胎強。

內在美還是外在美

文：藍色水銀

　　戀愛的時候，美美的女生總能吸引男生的目光，但有時漂亮的女生，聲音不夠甜美、發音有點台灣國語、談吐有點讓人不敢恭維、偶爾來個三字經或五字經問候別人的長輩，這時，就會有男生打退堂鼓，但一個長相普通的女孩，聲音甜美、談吐優雅、舉止得宜、溫柔賢淑，絕對能吸引不少的男生喜歡，但她的劣勢在於需要時間了解她，萬一身材不盡人意，長相有點抱歉，恐怕一樣會有不少男生打退堂鼓。

　　如果只能選一樣，而無法兼具時，還是會很多人妥協，有外貌協會的，也有內在比較重要的，但相處久了，如果不夠愛對方，恐怕也是難逃分手的命運，當然，也有人不妥協的，選對象時既要內在美也要外在美，下場很可能是一輩子當單身狗，我身邊就好幾個這樣的男生，五十歲了卻沒談過幾次戀愛。

　　選擇愛人，真的不是件容易的事，看不順眼，再怎麼溫柔，再怎麼會持家，真能忍一輩子嗎？看喜歡了，整天發脾氣、罵人、抽菸、不做家事，你願意忍一輩子嗎？正所謂魚與熊掌不可兼得，該怎樣？要看個人，每個人要的都不會一樣，而那些內外兼美的女生，追求的人很多，競爭者很多的狀況下，想要獲得青睞並不容易，甚至連說話的機會都沒有，我曾看過這樣的女生，十幾個男生圍著她，非常誇張，隔天她就離職了，煩都煩死了，要怎麼上班？

寧當單身狗

文：藍色水銀

　　談戀愛受傷，其實是家常便飯，即使是天菜等級的帥哥美女，恐怕也都有不好的經驗，偏偏有人看不開，受了傷之後就封閉自己的心靈，不再給自己機會，也不給別人機會，深怕自己再次受傷，從此變成單身狗，明明自己的條件不差，就是不戀愛，當然也不可能成家。

　　她從高職畢業後，就一直待在電子廠當作業員，十年過去，談過兩段戀愛，都是個性不合而分手，加上父母時常吵架，讓她對戀愛產生了畏懼，因此更加努力的工作，三十歲那年，升上大夜班廠長，管理將近三千個作業員，公司其實有男人暗戀她，只是她總以工作很忙為由，拒人於千里之外，幾年後，那男人跟作業員戀愛、結婚、生子，而她堅持不談戀愛，直到現在已經將近六十歲，仍然保持單身，鐵了心不結婚。

　　今年過年，幾杯黃湯下肚之後，她敞開心胸，說出當年兩段感情的不順利，說男方如何如何！但愛情本來就是這樣，想要有個理想情人是不太可能的，想要男人又高又帥還要富，溫柔體貼又幽默，這樣的男人早就被搶光，哪裡輪得到一個外貌平凡、身材普通、個性有點倔強的女人呢？尤其在電子廠，清一色都是女作業員，男少女多的狀況下，除非是很漂亮的女生，否則要吸引男生看一眼都沒那麼容易的，更別提聊天、談戀愛，甚至走到婚姻那一步。

虛擬情人

文：藍色水銀

　　有些人一直單身，是因為沒遇到喜歡的人，好不容易看對眼了，對方不是已婚生了小孩，就是名花有主，或是身邊圍繞著不少蒼蠅，要讓自己也變成蒼蠅，黏著對方不放？還是化身白馬王子？可惜有些人連蒼蠅都當不成，也沒有變成王子的實力，這時可能會暫時躲起來，陪伴他們度過漫漫長夜的是成人片的明星，還有抱枕。

　　迷戀成人片明星的狀況其實很普遍，不然那些公司砸大錢拍片，是要給誰看？又有誰會買？又或者誰會付費看成人網站的內容？但這些明星終究是看得到吃不到，真的有機會讓你嚐嚐，你真的敢跟她們翻雲覆雨嗎？說不定一次就中獎，可能是愛滋病，也可能是其他的性病，有這麼可怕的後遺症，敢於付諸行動的恐怕少之又少吧！

　　虛擬情人還有一種，通常發生在年輕人身上，他們迷戀的是明星，也許是歌星、電影明星、網紅，但本質上還是跟成人片明星一樣，看得到吃不到，你花盡所有積蓄，用盡心思想靠近他們，最終的結局通常是讓人傷心的，明星要不是結婚，就是爆出醜聞，或是躲起來，就像是台灣曾經的巨星劉文正，忽然就消失了，就算是圈內好友也未必知道他的行蹤，與其花時間在這些虛擬情人身上，到最後滿身傷痕，內心空虛無比，何不好好思考，如何跟一個真正有血有肉的人戀愛，甚至白頭到老。

鐘點情人

文：藍色水銀

藍色水銀

　　有時候，人會遇到經濟困頓，而且壓力巨大，因此就有人選擇了特別的行業，陪不認識的人喝酒、聊天，甚至上床，對於歡場，老鳥們總是逢場作戲，並不會迷戀其中，但總有人蠢到愛上酒店裡的女人，這種蠢，可能讓他傾家蕩產，可能讓他有牢獄之災，到頭來，什麼都沒有了。

　　她就是這樣的女人，因為遇人不淑，小孩三歲那年，丈夫因為販毒被捕，被判了無期徒刑，一下子就從生活富裕變成無家可歸，為了養育小孩，她選擇走老路，在結婚前，她也曾經生活困頓，在酒店陪酒維生，遇到了毒販之後，兩人閃電結婚，以為可以擺脫陪酒的日子，沒想到好日子不過三年多，她只好重操舊業，過著出賣身體的日子。

　　他在一場應酬中遇到了她，從此愛戀不捨，三天兩頭就往酒店跑，並且砸大錢在她身上，眼見無法打動美人的心，他一度想放棄，但歡場女子最厲害的幾招他都遇上了，撒嬌、裝窮、父母重病、欠高利貸，幾番操作下來，又是百萬元沒了，此時的他已經快要山窮水盡，於是鋌而走險，虧空了公款繼續當火山孝子，不但害朋友的公司周轉不靈而倒閉，也讓自己進了監牢，除了自己一無所有，也害慘了他的朋友，還有十幾個員工失業，甚至牽連到上游廠商也周轉困難，差點也倒閉，她則繼續在酒店陪酒，看能否再海削下一個火山孝子？

窗外的景色

文：語雨

　　獨自一個人坐在咖啡店內，在落地窗內看著街道人來人往，想像那些男女其中的故事，那是女孩最喜歡作的事，今天也在放學後睜著水靈靈的雙眼，望向值得觀察人們。

　　那位戴著眼鏡的女生捧著一盒禮物，急匆匆往前跑，是不是要去會見情人了？那名靠在燈柱下的男生不時望著手錶，是不是被放鴿子了？

　　啊啦啦，小孩子跌倒了，手中的冰淇淋掉在另一名女生的裙子上，那女孩子笑了笑，只是撫摸孩子的小腦袋瓜，用手帕擦試著裙子，接著挽著男朋友的手離開，沒想到那一瞬間卻見那少女輕輕砸舌，只有從自己那個角度才看得見。

　　噗噗呵呵......原來是想要在男朋友面前維持形象，想到此，她不禁彎起嘴角，忍不住竊笑起來。

　　「真的這麼有趣嗎？窗外，看你每天都樂不可支的。」

　　背後傳來一句，聽聲音就知道是最近來糾纏自己的小子，女孩只是望著窗外不出聲。

　　「別這麼冷淡嘛，也別只是看，我們一起出去玩吧。」

　　被男孩惹得焦躁不已，女孩沒好氣的哼了一聲，就算這樣男孩也沒放棄，在背後叨叨絮絮不已，女孩只是不理會。

　　不知過了多久，女孩察覺到男孩聲音不知不覺不見了，覺得疑惑，哇第一聲，男孩笑嘻嘻地出現在落地窗的對面。

　　「你終於看我了......外面世界很有趣呢！」

　　陽光照在男孩的背後，一切看起來非常耀眼。

　　挪動著輪椅，女孩來到外面，終於發現，自己也可以成為窗外景色的一部分了。

等待著思念著

文：語雨

　　踩動踏板，騎著腳踏車，迎風而行，不論速度和方向全由自己掌控，自己最喜歡這段悠然的時光。

　　自行車經過了小溪，欣賞著在晚霞後面的光景，冰涼的水氣帶走了傍晚溼熱，遠處的夏蟬聲漸漸靜止了，男孩覺得這一切爽快極了。

　　呀呼......！

　　情不自禁的發出歡呼聲，男孩隨即發現自己太吵了，不由得停下自行車左右張望，卻發現在路旁散步的一名女孩瞪著大眼，在大大的鏡框後方那雙眸滿是訝異，一言不發的往男孩臉上瞧。

　　嗚哇，好丟臉啊......

　　男孩面紅耳赤，趕緊低下頭去，自行車便往市區方向騎，離去之前，還是轉頭一看，見女孩子還待在原地，盯著自己瞧，男孩心臟跳了跳，隨即用力踩著踏板，加快速度逃逸。

　　回到家時，男孩倒在床上，想起剛剛的歡呼被人看見，不禁丟臉的抱著枕頭在床舖滾來滾去，不知為何，那女孩驚訝的臉孔一直浮現在腦海中。

　　男孩一會兒又感到羞恥而滾動一會兒又回想女孩的臉而發呆，直到樓下傳來三番兩次叫喚都恍若未聞，被生氣

的母親闖入房間，揪起耳朵拉到樓下為止，女孩的容顏仍然不能從腦海中抹去。

隔天，在上學時心臟仍然跳個不停，男孩在放學騎著自行車飛速來到遇到女孩的地點開始等待。

啊，第一句要說什麼呢？她會不會認為自己是怪人嗎？

男孩等待著，思考著，心臟碰碰跳個不停，直到那思念的伊人到來......

家犬的助攻

文：語雨

　　牽著狗繩，女孩牽著自己半腰高的大狗向前跑，在往公園的路上吸引了不少目光，也不知道吸引人目光的是高及腰身的大狗，還是女孩子臉上燦爛的笑容，一人一狗持續跑著，一路跑到了公園。

　　公園內有許多小孩子在玩，看見大狗進來，就被朝氣十足的招呼聲吸引，不分男女老幼，女孩見人就在打招呼，招呼聲彼起彼落，大媽和大叔們笑容滿面的回應，目光有如看見女兒或孫女般柔和。

　　幾個小孩跟著一起追逐，一時之間，跟在女孩和大狗身後的孩童越來越多，排成長長的一列，感覺就像是童話故事中哈梅爾的吹笛手。

　　就在這時，女孩子注意到一名坐在公園長椅上的少年，他戴著眼鏡，手捧著一本書，正專心的閱讀，營造獨特的寧靜氛圍。

　　女孩時常看見這名男孩子，不知為何，獨獨對他打不了招呼，或是因為怕吵到對方看書，又或者不敢打散那寧靜的氛圍，雖然不打招呼，可是不知不覺眼睛就會朝眼鏡少年的方向轉。

　　其實這一切都是藉口，女孩害怕的是當自己打招呼時，會被那名戴著眼鏡的少年無視，明明自己可以毫不猶豫向陌生人打招呼。

　　大狗汪地一聲，拉著主人往前衝，撲上眼鏡少年，眼鏡少年向後摔，女孩子倒在少年的胸膛上，聽著孩子們哈哈大笑聲，女孩覺得丟臉極了。

　　從此以後，當女孩牽著大狗跑到公園時，隨著狗叫聲，迎面而來的是那名男孩主動打招呼的笑靨。

遲到

文：語雨

　　上課鈴鐘響遍了整間學校，校門前的學生行動開始加速，要在鐘響完之前通過校門，門口的年輕老師低頭看著手錶，目視著學生跑步進校門。

　　就在最後一位女學生要進校門時，那位老師伸手一檔，那位女學生急踩煞車，小巧的鼻子差點撞到老師手臂。

　　「今天又是你遲到。」

　　「只差一點，老師，饒過我吧，再遲到我就慘了。」

　　「提早出門如何？」

　　兩人在門口僵直了一會兒，女學生就會把學號和名字報上，氣鼓鼓的走進校門。

　　隔了一天，上課鐘聲響起，學生加快腳步，老師低頭看手錶，如同錄影機一樣的畫面，就在鐘聲響完時，年輕的老師伸手一攔，又是同一位女學生在此駐足。

　　「又是你遲到。」

　　「不是吧，老師每次都針對我嗎？我可以親你臉頰一下喔。」

　　「十年後再來吧，小鬼。」

　　在校門口幾乎每天都會上演，年輕老師和遲到女同學的僵持戲碼，在大馬路互瞪的師生，鼓著臉頰的女學生，以及一臉壞笑的男老師。

　　在三年間反覆上演的戲碼終於迎來落幕，畢業典禮那一天，那女學生走出校門，對男老師做了一個鬼臉，頭也不回的走了。

　　春去冬來，不知反覆幾次，新任的教師來了，男老師心想，終於可以卸下門口查勤的職務，不過新任的女教師卻是一張熟悉的面孔。

　　「嗨，好久不見了，老師。」

　　你知道當年的我為什麼會經常遲到嗎？

感冒時見到笨蛋

文：語雨

感冒第九天，休假在家的第六天，還擔心不在時，公司怎麼運轉，很快就沒有了餘裕，頭痛、噁心和四肢酸痛侵襲過來

感覺好渴，有吃飯嗎？起不了身子，身體動不了……

啊啊，明白了，我就要死在獨棟公寓了。

死在這裡的話，公寓會變成凶宅，會帶給房東困擾的，身為一個社會人要懂得常識，叫救護車來，起碼要死在醫院……

掙扎想拿到手機，卻發現手機早就沒有電了，上次充電是什麼時候？

就在這時，聽見門鎖咖咖地動了……

是小偷嗎？偷完之後，可不可以拜託他打電話叫救護車呢？

「啊……課長！你……房間是怎麼一回事啊！？」

門扉一打開，傳來笨蛋下屬的尖叫聲，別這麼大聲，牆壁可是很薄，就是這樣，才會常常被我罵沒身為社會人的常識……身為社會人啊……

再次醒過來時，房間整理乾淨了，枕了冰枕，也舒服很多了，廚房還傳來了香味，接著湯匙就遞過來了。

「醒過來，課長，來，啊。」

是稀飯，這傢伙還會下廚......

「春小姐......私闖民宅嗎？」

吃了稀飯後身體暖起來了，終於有餘力發問。

「第一句話就是這個嗎？今天沒來的話，說不定課長早就死了！」

「說、說得也是，對不起，謝謝你了......」

「課長竟然會道歉，而且又道謝了，是世界毀滅的前兆！」

聽了我不禁想伸手敲她的頭，可是卻發現手也抬不起來，對方見了不禁微微一笑：「趕快康復吧，沒課長的吼聲，連一天開始的感覺都沒有呢。」

「春小姐......是被虐狂嗎？」

「才不是！」

見她氣噗噗的走了，我蓋起棉被，心想要趕快恢復健康才行。

那理想的他

文：語雨

　　理想中的對象是帥氣的人，有張英俊的臉龐，當那多情的雙眸凝視我時，就可以看見那瞳孔的色彩為我閃動。是位強壯的人，像是武打明星身手不凡，可以痛打壞蛋之際，還能從容不迫的保護我。是位體貼的人，敏銳察覺到我的不快和痛楚，用著睿智的甜蜜話語撫平我的哀愁，是位多金的人，能在我生日租下一零一大樓，施放愛的煙火，他是多藝，不論是廚藝、才藝樣樣皆精......

　　「世界才沒有這種完美人物，有也不會看上你。」

　　朋友總是笑我太瘋癲，可是我絲毫不將她們的話放在心上，這世界這麼的大，總有一天，一定會有這麼一個人出現在我面前。

　　「小櫻今天也這麼可愛，我幫妳的可樂餅多加一些生菜。」

　　「啊，你這個壞蛋，明知道我最討厭生菜！」

　　「噗咯咯，小櫻太容易看穿了。」

　　才沒有這種事，那個男人既不帥看起來又文弱，又是個不懂人心的大蠢蛋，還只是快餐車的小老闆而已，做的可樂餅又難吃，根本和理想完全相反。

　　為——為什麼每天過來？

　　我是來監視的，監視......

　　來看看他是不是被女生包圍就得意忘形，而且畢竟是從小一起長大，如果生意不好的話，早早倒閉也很可憐，每天都帶給他業績的我根本是女神吧。

　　為──為什麼妳們笑得這麼壞？真是叫人不愉快，吃完就趕緊回去了……

　　蛤？不喜歡生菜卻吃得一乾二淨？

　　那當然！學校不是叫我們別偏食嗎？

　　就叫妳們別笑了！

選擇

文：語雨

「我們只能到此為止了。」

聽見這句話的人傑臉色扭曲，在接到初茵的來電就有預感，沒想到親耳聽見時，還是這麼痛徹心扉。

然而，講出這句話的她表情也同樣心痛，伸出手撫摸了人傑被打腫的臉龐，一舉一動充滿憐惜和不捨。

人傑想要開口向她辯解，想要哀求她把話收回，想要抱住那隻溫柔的手痛哭，各種念頭在腦海中徘徊不去，可是面對這副眼神就只能閉上嘴巴。

自己無疑是愛著她，而對方望向人傑的眼神仍然殘留著愛，人傑拼命思考到底在哪裡做錯了，因為大學派系正巧站在戀人的對立面嗎？只要非我派系必定打壓的冷酷嗎？還是說……

不，這些都不是，只是因為自己沒有選擇而已，只是學歷因為進入保守派，因信念而選擇進入開革派的她對於隨波逐流的人太過耀眼，所以沒有向她坦白而已，用將近欺瞞的態度與其交往，談論著理想和未來。

「我聽說了，你為了保護我的企劃，反對到最後一刻，甚至為此挨揍。」

溫柔的聲音滲進了心房，那雙撫摸自己的手放了下來，那雙眼眸仍然殘存著眷戀，但她還是站起身子，往餐廳外走去。

　　這時才感覺到他們已經無法在一起走下去了，不論再做什麼都只會傷害她，正因為還愛著、還眷戀著，所以才選擇放手不再糾纏。

　　她沒有質問，只是堅定自己的選擇，如同往常般耀眼。

　　於是，自己在最後終於做了對的選擇。

理想的愛

自找麻煩

文：語雨

理想的愛

　　那女孩只會在夜晚出現，一頭秀髮，臉龐清麗端正，不過卻總是用無精打采的步伐走進來，繞了店好幾圈，又選擇同一款麵包出去。

　　身為便利商店店員，每次結帳時總是會被那女孩疲憊的眼色嚇了一跳，心中不禁浮現出想像，這人到底是加班加到深夜出來買宵夜，看起來很累的上班女郎，還是看盡人生百態，已經對人性絕望的頓悟女性？

　　在休息談天時，同事也有注意到這名女孩，勸我不要接近，因為絕對是個麻煩，一不小心被纏上，輕則破財傷身，重則家破人亡。我笑了笑，心想這話未免說得太誇張了，

　　下班我走路回到公寓，在樓梯忽然拌了一跤，一看之下，竟然是那位疲憊女孩倒在樓梯間......

　　「喂......沒事吧！」

　　當下真是吃了好大一驚，連忙推了她肩膀，結果咕嚕嚕好大一聲，從她肚子傳來，對方顫抖一下，呻吟的說：「肚子餓了......」

　　原來疲憊女孩就住在同一棟公寓內，我扶著對方走到她房間，剛打開房門一股味道迎面撲來，地板到處都是吃剩的包裝紙和垃圾，這就是所謂的垃圾屋嗎？

　　一向愛乾淨的我無法忍受，當下拿起打掃用具就開始作業了，過了一會兒，疲憊少女緩緩的醒過來，拿起我煮食的拉麵毫無疑問吃了起來。

　　「看得到地板......」

　　等吃完後，環顧四周才喃喃的說道。

　　同事說得果然沒錯，這傢伙竟然這麼麻煩，之後，每個禮拜去打掃衛生，就變成我的既定行程了。

毫不氣餒的他與她

文：語雨

　　身為班長的她時常被老師使喚，與其說是班長，感覺雜工的成分比較多一點，不過個性內向寡言的她只敢在內心說幾句，從未對人出口。

　　某日她又幫老師拿上課用的捲軸，只見捲軸層層疊到連視線都遮蔽了，人人看了都覺得好笑，可是沒人來幫她，當她搖搖晃晃的走出去，忽然懷中一輕，大部分的捲軸都被拿走了，轉頭一看，是同班的男孩子，對方露齒一笑，一面說道：「怎麼不叫別人來幫忙？」

　　回過神來，那男孩子已經向前走去，對方的話真多，自己還沒答話，問題一個接一個就丟過來了，實在應接不暇，只有不成語句的回應幾句，只見男孩用腳打開教室門，將捲軸全放在講台上，朝她笑了笑，轉身就走人了，她想表達幾句謝意，可是話卻沒有出口。

　　聽說他是足球隊，在社團活動時間，只敢在教學大樓內遠遠望著，足球隊好嚴格，教練不斷咆哮，當中他被罵得最慘，之後在社團活動時間向操場張望，十之八九都是那男生挨罵的場面，那男生挨罵過後，臉色堅毅又再次投入練習，就算失敗無數次仍然毫不氣餒的樣子。

　　好厲害，如果自己被這麼折騰，大概早就心灰意冷。

　　不知不覺站在窗邊時間越來越多了，逐漸由憧憬轉為渴望，望著望著，她終於走出大樓，走向操場。

　　如果是那名男生，自己能不能改變呢？

那杯愛爾蘭咖啡

文：語雨

理想的愛

　　短短的捲髮，蒼白臉蛋帶有病容，那名女性總會在每月九號坐在同一座位上，點了兩杯愛爾蘭咖啡，一杯放在自己面前，另一杯放在對面座位後，就這樣從早坐到晚，也不點餐，連水都沒喝，當關店樂曲從音箱響起時，她就會默默喝完愛爾蘭咖啡，結帳離去。

　　那名短髮女性在我們打工仔之間也很有名，大家在閒來無事時總會猜測那女性背後的故事，女店員態度尤其熱烈，從山盟海誓到禁忌愛戀都有，無一例外的是，最後都以短髮女性的戀人壯烈犧牲來結束話題。

　　不論出於紳士憐憫，還是淑女情懷，只要那名女性一來，店員們鮮少會打擾人家，盡可能在附近默默守護著，也成為每月在店中的一道風景。

　　在某休息日，我出外閒逛了一天，在歸程的鄉野道路，竟發現某人倒在田邊，趕忙過去攙扶。

　　「喂喂，你沒事吧？」

　　定眼一看，竟是固定九號來店的那名女性，還聞到一股沖天的酒氣，我拍了臉頰，對方呻吟一聲，睜眼見到我，不禁杏目圓睜，認出我來。

　　「就算等待的人沒來，也不需要自暴自棄。」

　　「什麼等待的人？」

那名女性一愣，在聽完我說完後就開始大笑，笑得喘不過氣來了。

「我十號才發薪，九號沒錢吃飯，店裡又不趕人，才坐在那裡打發時間，為什麼點兩杯？當然是希望帥哥服務生來泡我，你為什麼理都不理我……」

話說我好像跟許多位客人講過，愛爾蘭咖啡就是酒保為了泡空姐而研發出來的……

嗯，還是不要告訴店內的人吧。

遊戲對決

文：語雨

從小到大，打街機就是嗜好，雖然家用主機在這十年中進化，遊戲品質得到飛越性的提昇，不過比起在家裡拿起手柄玩現在的超級大作，我還是更喜歡在遊戲廳用搖桿和按鈕打二十年前的大作。

令人遺憾的是，隨著時代推進，遊戲廳開始沒落，後來更因為疫情雪上加霜，許多遊戲廳倒閉關門。

「好不容易才解封，正想要玩得痛快......」

中意的場所人去樓空，只留下出租告示，正當我心頭大痛時，聽到這麼一句話，轉頭一看，後頭佇立一位表情冷傲的女孩，烏黑長髮正隨風飄逸，見我向她張望，她也瞄了我一眼。

喜歡遊戲的女生不是沒有，只不過她們喜愛的遊戲種類跟男生大相逕庭，街機從來不是她們的選擇，如果在遊戲廳相遇，大抵都是希望讓男友夾娃娃給自己的死現充，身為單身狗的我一旦見著，都會在背後偷偷詛咒他們趕快分手。

戴上安全帽，機車往另一家遊戲廳前去，當看見招牌還在閃爍，不禁鬆了一口氣，這時我看見了剛剛那名長髮女生，只見她毫不遲疑的走進去，直接投幣就開始玩起來了。

　　這女生是常客，這傢伙口袋竟然隨時備有遊戲幣，真是有趣，當下我坐在她的對面，也拿出口袋中的硬幣投入遊戲機台。

　　好強！

　　我第一次遇見這麼會玩遊戲的女生，雙方戰得勢均力敵，最後以毫釐之差，敗給對方。

　　在那之後，我每次去遊戲廳時，目光所尋，一定是找那名女生有沒有在現場，今天我也要挑戰。

當見到那雙溫柔的眼眸

文：語雨

　　她總是被嘲笑膽小，害怕陌生人、高大男生和朝自己猛叫的惡犬，修學旅行時住在旅館時怕黑，半夜拉著朋友上廁所，還被取了膽小兔這種綽號。

　　然而，此時的小兔認真認為自己會被嚇死，眼前是一位異常高大的巨人，而自己身處在四下無人的涼亭。

　　今天跟朋友來登山，沿途因為喧鬧過度，到山腰就體力不支，還不小心扭傷腳了，感到非常丟臉的小兔要同伴別管自己，逕自進涼亭休息，打算大家下山後再跟著一起回去，等到發現身體不太舒服時一位巨人走進涼亭，沉沉的直盯著自己瞧，小兔撲簌簌的顫抖著，眼前一黑就直接昏了過去。

　　醒過來後，已經身處在登山區的醫務室，穿著白袍的女醫師看見小兔清醒，微微一笑，說：「血糖值過低，是不是沒吃早餐？」

　　「有個巨人……哇啊啊啊，就在你後面！」

　　見那名巨人走了進來，小兔不禁尖叫，醫師噗哧一笑，說：「歸先生是山區巡邏員，巡邏時看見妳臉色發青，正想開口問時，你已經昏倒了。」

　　不管怎麼說，害怕的人就是害怕，小兔嚇得眼淚都快掉下來了，見那名巨人走了過來，伸手往自己頭上摸了摸，

接著她手中多了一樣東西，低頭一看，手裡被塞一大片巧克力。

「歸先生很擔心妳，送妳進來臉色鐵青，慌張得不得了。」

巨人難為情的笑了，向女孩揮揮手，一語不發的走出去，小兔看著他背影，忽然覺得身體不抖了，不知是他見到自己安然無恙的安心眼神，還是沉默卻始終保持溫柔的表情。

距離他們交往還有一百天

文：語雨

理想的愛

「住手！使用暴力是不對！」

擋在高大的不良學生面前是一名嬌小女學生，此時她瘦弱的雙腿在顫抖，周圍明明這麼多學生圍觀，卻只有她挺身而出，足見這名女學生的勇氣。

躺在校舍旁的幾名男學生留著鼻血，用恐懼的眼神望著那名不良少年，有一名甚至已經昏厥過去了，他們鼻青臉腫，看來被狠狠的揍了一頓。

「這些人是人渣！」

「所以你就要墮落到跟他們一樣嗎？」

不良少年和女學生狠狠瞪視對方，一時之間，兩人僵持不下，過了一會兒，幾名老師聞訊而來，看見現場不由得面色鐵青，制住不良少年，將女學生保護在後，幾名挨揍的男學生則是送往保健室。

放學後，雙方家長和兩位當事人都站在訓導處，由女學生交待來龍去脈，原來那幾名男學生對弱小學生恐嚇、勒索，如果不從就施暴，然而，其中一名施暴對象是不良少年和女學生的共同朋友，不良少年得知後跑去將那些男學生痛毆一頓。

「在學校只有他跟我做朋友……那群人渣竟然！」

「野蠻！你這樣跟那群人有什麼兩樣？」

面對不良學生的說詞，嬌小女學生高聲反駁，由於對方家長不想鬧大，訓導主任和教官只是訓斥了幾句，便讓他們離開訓導處。

「那群人渣，以後我見一次就……」

「就怎麼樣！無論多少次我都會阻止你。」

「他也是你朋友。」

「所以我不希望你連累他。」

視線在空中激烈交鋒，兩人的對話是平行線，只有背對著背離去。

他決定走過去

文：語雨

理想的愛

　　園藝社在三年級畢業後，只剩下一名一年級生，對不捨而淚眼迷濛的學妹摸摸頭，學姐們爽快的走出校園。

　　顧問老師也不可靠，要守護學姐留下的園藝社就要加油，一年級生燃起熊熊的鬥志，努力照顧園藝社的植物和田地。

　　在雨天來學校搶救脆弱的作物，在陽光正毒時，滿頭大汗的換掉花盆，在暑假中一個人將肥料默默的灑在泥土上。

　　辛苦一整年，暑假結束了，新學期開始。

　　園藝社的女孩升上二年級，學校也迎來新的一年級新生，她幹勁十足的心想，一定要在社團說明會上拉幾名新生加入社團，為此想了好幾篇講稿，連海報都畫了好幾張。

　　可是園藝社少女未曾料到，自己在班上都說不好話，連朋友也沒多少，要如何在全校師生面前演講呢？

　　毫無意外，在司令台的她吶吶出聲，連背後海報都滑落了，只能像是逃跑一樣離開，理所當然，一個新生都沒有加入園藝社，再這樣下去等到畢業後，園藝社將會不復存在……

　　最重要的是……一個人好寂寞……

　　學姐……或許撐不下去了……自己保護不了學姐留下
來的園藝社。

　　園藝社少女淚水一滴一滴滑落臉頰，掉進泥土裡面。

　　真傷腦筋，只是在社團說明會看見那個結巴、慌張的
學姐覺得很在意，偷偷過來園藝社看了一看而已，卻撞見
這種尷尬場面，究竟該如何是好？

　　躲在校舍樓梯處的男新生望著學姐哭泣，猶豫了一下，
緩緩移動沉重的腳步，往園藝社的方向走過去……

喜愛共同事物的他們

文：語雨

　　那位女孩喜愛打籃球，在籃球校隊作為王牌前鋒活躍，一路突破縣市大賽得到冠軍，但在全國大賽的初賽被打得落花流水，在知道那隊伍在第三場比賽中落敗後女孩茫然失措，上學途中坐在家附近的公園鞦韆上發怔，當聽到鐘聲響起，才知道不但連晨練都蹺掉，上學還遲到了。

　　這時咚咚地兩聲，一顆籃球滾到面前來，轉頭一看，一名年紀相仿的少年坐在輪椅上向自己微笑，少女將籃球還給對方，對方道謝後，坐在輪椅上流暢的運球投籃，籃球在空中劃過漂亮的弧度，刷地進了籃框，女孩瞪大眼睛。

　　接著男孩推著輪椅去撿球，又再次射籃，一次兩次，射了數十球都沒落空，儼然就是神射手，不知不覺女孩也跟著撿球射籃，兩人輪流持球，偶爾也一面傳球一面射籃，少年神射手展現不俗的技術，這一定是耗費時間練習所累積的成果。

　　「好厲害喔，你一定很喜歡籃球吧？」

　　「喜歡啊，況且......」

　　「況且？」

　　「況且越有挑戰性，成功時獲得的喜悅越大。」

　　少年露出齒白，臉上神色絲毫沒有因為身體缺陷出現陰霾，女孩忽然覺得自己好羞恥，只不過經歷了一次挫折就心灰意冷。

　　輸了再挑戰，要請老師安排新的訓練計畫，還要提出遠征其他縣市，跟別校籃球隊比賽的建議，女孩又重新燃起活力，就當要離開公園時又止住腳步。

　　對了，比起這些事情，要先問一件事，下一刻，女孩露出難為情的臉色，輕輕的開口。

天蠍座

文：765334

大一新鮮人，一切的一切，真的都是新鮮無比。

寬闊的校園任你奔跑、再也不填滿的課表、有趣的學長姐帶妳看世界、學校餐廳的頹廢氣味，好多好多的新鮮事，精彩得如此琳瑯滿目。

讓我的眼睛，慌張地無法盡收眼底。

而這其中，最令人意想不到的，就是我遇見了你。

善妒的天蠍座。

熱戀期的心情，好像翱翔在空中的雲朵，時時刻刻都在展翅高飛又雀躍不已的漂浮著。

每天期待著想要見你一面的喜悅，都讓我的心臟近乎窒息的等待。

你的一舉一動，都牽動著我嘴角的笑容。

原來談戀愛，是這麼不需要大腦思考的事情。

當你向我問起，我身邊友人的點點滴滴。

我以為那是你對我的關心，所以我全部都如實申告。

再當你開始追蹤我的所有行蹤。

我也真的以為，那是你對我的關心。

課表上的空堂，你要知道我去了哪裡。

但事實上，我只能跟你在一起，哪裡都去不了。

朋友發出的邀約，你要點頭之後我才能答應。

但事實上，你總是會跟我一起出席。

你總是告訴我，你是關心我、擔心我、想讓我開心、想讓我快樂。

而那並不是愛情最好的模樣。

你並不愛我。

你愛的是，將我操弄在手心裡的控制權，使你成為了國王。

失去了自由，當我看著你，我的眼裡不再有閃閃發光的愛心。

被你所控制，當你牽著我，我的心跳脈搏不再瘋狂的跳動。

謝謝你路過我的人生，讓我對自己發誓。

再也不要。

糾纏上。

看似無害卻非常暗黑的。

天蠍座。

牡羊座

文：765334

和你相遇。

完全就是一場意外中的意外。

正在歷經感情傷痛的你，脆弱無比。

也因為你的脆弱，引動了我對你的憐憫之心。

清晨，喝得爛醉的你，在電話那頭，對我訴說你對她的種種真心。

夜晚，還算清醒的你，我們面對面的情境，你對我說著，她是如何糟蹋你的真情。

白天，恢復正常的你，不再提起和她有關的話題。

我們就像朋友。

一種，很要好的朋友。

當你問我，是否願意成為你的另一半。

我的放聲大笑裡面，有著滿滿的動心。

我必須承認。

那是個天人交戰的 YES or NO。

我不想正面回應，是因為我想保留答應的空間。

對於我的模糊不清回答，你大氣的全然接受。

　　你這樣的寬容大方，讓我們繼續當朋友，相處的好自然。

　　年齡的超級大差距，讓我覺得你是個成熟懂事的大人物。

　　明明看見我眼裡的愛心，你也不會主動再往前跨進一步。

　　對我來說，那是一種最體貼的溫柔守護。

　　當時的我，真的傻的天真又糊塗。

　　真心的認為，你是在默默的等著我。

　　我們還是過著一樣的生活，聊著一樣的話題，說著一樣好笑的笑話。

　　但是。

　　卻在我發現，你的副駕駛座出現了她。

　　一切都開始變了樣。

　　你不慌不忙的告訴我，你和她之間的關係。

　　我選擇相信，而且繼續相信。

　　直到旁觀者的朋友看出了端倪，他們才告訴我。

　　對他來說，我就是個備胎而已。

　　原來，牡羊座平靜的外表。

內心有著如此自私又貪婪的一顆心。

金牛座

文：765334

你說，你對我一見鍾情。

從那天起，我的生活裡，處處都有你。

你記得我說的每一言、每一句。

也總是滿足我，對你任何的要求。

小到皮卡丘的玩偶，大到一只 GUCCI 的手錶。

還有，半夜兩點鐘的鹹酥雞。

你答應我，會成為我的聖誕老公公。

在你的百寶袋裡，我要什麼，就有什麼。

那時才 23 歲的我，真的就把每天都當聖誕節在過。

那一晚，我們肩並肩的坐在一起談天說地。

你在不經意中提醒：我們這樣算是約會嗎？

差一點，我就中了你的陷阱。

你很好。

但是卻很神祕。

當我需要你，你可以像一陣風般的馬上出現在我眼前。

而當我忙於生活，你也會偶爾消失得無影無蹤。

　　但是，你還是會定時派出你的麋鹿，圍繞在我周圍，看顧我的生活。

　　每每問起你消失的日子去了哪裡。

　　你總會輕輕帶過，不多加闡述。

　　或許那樣的神祕感，也是你吸引我的原因。

　　身邊的每個人，都看到了你對我的用心。

　　他們問我，為何還不願意讓聖誕老公公牽起我的手。

　　其實我自己也不清楚，這個問題的答案。

　　我只是認為。

　　你對我。

　　不夠坦白。

　　直到有人來告訴我，你真實的工作。

　　我終於明瞭。

　　你的消失是為了什麼。

　　我懂了。

　　為什麼你可以，無止盡的放縱我的物質需求。

　　你身處的世界太黑暗。

暗到我不想去深入了解。

連觸碰到一點點，我都覺得無法接受。

藏在金牛座面具下的浪漫，真的很讓人喜歡。

但是，過於追求金錢名利的欲望。

是我無法理解，也不想去理解的世界。

雙子座

文：765334

你的幽默、風趣，真的點亮了我枯燥的生活。

是你帶著我，去看了這個世界的美好。

每當你開始高談闊論。

那就是我對你崇拜的原因。

你懂得好多，我不懂得的事情。

你可以盡情的瘋狂玩樂，也可以沉靜下來慢慢閱讀一本好書。

每當我問起你什麼。

好像這個世界，沒有你不懂得的難題。

在我眼裡，你就是愛因斯坦，你就是蘇格拉底。

我喜歡，安靜的待在你身邊，陪你讀書。

我喜歡，坐上你的打擋車，一起狂飆到你最愛的北海岸。

我喜歡，等在岸邊，看你在海中起起伏伏的英姿煥發。

你的安靜與狂亂。

都讓我為之傾倒。

我們可以一起把酒言歡，肩靠著肩，卻沒有手牽著手。

你的每個問題，都那麼曖昧，卻又含糊不清。

我搞不清楚你的真意，卻又不想向你表明。

因為，我怕毀了我們之間如此美好的默契與友誼。

因為，我是真的如此喜歡你。

或許我們真的，不只是朋友。

也或許，我們，就只是朋友。

只是我不懂，如果你的心裡，真的有我。

你是否，該把身邊的空間留給我。

每當看見你和她們之間的嬉鬧互動。

心中那股無法表現出來的強烈忌妒，讓我就快要窒息。

再當你用餘光看向我的醋意。

我真的羞愧到無地自容。

我不懂，這明明不是我的錯。

為什麼，你要用眼神來批判我。

難道說，真的就像他們所說。

你只是，想要試探我。

雙子座所做的這一切，都讓我難堪到無法再多待一秒鐘。

最後，我選擇，關上心門。

離開你的世界。

水瓶座

文：765334

水瓶座。

最佳的第二稱號，應該就是外星人了。

那讓人永遠捉摸不定的個性及情緒。

就有如氣象報告裡說的。

晴時多雲，偶陣雨。

不管是曖昧的時候，或是當普通朋友的時候。

水瓶座都始終如一的做自己。

就連告白的方式，也都出奇不意的讓人無法招架。

自己沒有勇氣做的事，竟然想出，找朋友代打這一招。

雖然水瓶座詭異的如此可怕。

但是，他們卻聰明絕頂。

這一項優點，把我確確實實的給吸引過去。

跟水瓶座談戀愛，很有趣，也很好玩。

同時。

也很痛苦。

今天一切都很好。

明天，一切卻都走了樣。

只因為，他們把心事藏得很裡面，不願意與任何人分享。

他的生氣與難過。

我始終搞不懂是為了什麼。

每天。

都像是在搭雲霄飛車。

這一秒開心到尖叫。

下一秒卻是恐懼到放聲大叫。

他的情緒起伏，讓我承受不了。

可是，他的幽默大方，卻又讓我喜歡的不得了。

這樣矛盾的糾結，不停的，在我內心的小小世界裡來來去去。

嘗試過分開。

卻發現我的痛苦，遠遠大過於他。

當他再次接受我回來。

我欣喜若狂的跳了起來。

一次又一次的分分合合。

每每都是歹戲拖棚。

為什麼明明如此討厭。

但是卻又如此喜歡。

其實，他從不緊緊抓住我。

是我，牢牢的想靠著他。

看不穿的，是他的心。

甚至於，懷疑自己是在跟透明人交往。

他什麼都好。

而且是太過於好，才會讓我捨不得離開。

只能站在原地，對著他淚流滿面。

最後的最後。

我不想，再一次一次的，自己躲在角落痛心。

外星人，謝謝你給過我傷痛，同時也讓我瞬間成長。

終究。

我的世界，不能理解你的星球。

巨蟹座

文：765334

巨蟹座男孩。

一個我從未接觸過的領域。

直到遇見了你，青春洋溢的巨蟹座男孩。

終於。

讓我解開了巨蟹座的封印。

聽聞巨蟹座男孩。

以愛家的暖男形象成名。

只是。

當時的我們，青春正盛。

何來愛家可言。

就在短暫的相處之後。

你似乎。

對我發出的信號。

愛理不理。

周圍的朋友們告訴我。

你這招叫做，欲拒還迎。

不知道為什麼。

你那樣時而高傲、時而體貼的舉動。

讓我無法將眼神，從你身上移開。

對你的喜歡，已經爆棚。

你卻只是淡淡地、若有似無地、真真假假地，面對我們之間的曖昧不明。

我的心情，完全被你給牽動。

只要收到你的一封簡訊，我可以，歡欣鼓舞一整天。

只要你一天沒有傳簡訊給我，我可以，愁眉苦臉、無法出門去上課一整天。

原來。

喜歡一個人，可以如此單純又簡單。

光是想著他的臉，就可以滿溢微笑，心中的幸福感，非常飽滿。

而就在眾人都期待著，我們之間的臨門一腳時。

你卻突然。

消失。

你請朋友轉達。

背負家人期望的你，必需往更高的地方去。

所以，你只能選擇放棄這裡所有的一切，自己遠走高飛。

我的心情，異常的平靜、異常的冷靜。

因為。

我不覺得。

我有傷心難過，或者是生氣的權利。

仔細想想。

我們兩個，自始至終。

就是朋友而已。

是我自己。

將我自己，籠罩在粉紅色泡泡裡。

是我自己。

願意去擁抱，那虛無飄渺的曖昧。

巨蟹座的愛家。

原來。

就是這樣。

牡羊座

文：765334

你什麼都好。

對朋友好，對家人好，對身邊的人都很好。

好到你似乎已經忘記。

誰對你而言，才是最重要。

朋友的邀約，你總是二話不說就答應。

接下來。

我的不開心，又是我們爭吵的話題。

在你眼裡，我就是個無理取鬧的小朋友。

要如何你才能明白。

我只是希望。

你能夠多重視我的心情。

不是阻止你與朋友之間的聚會。

只是希望。

你能夠先看看，你手機上，行事曆的安排。

我不是每一次，都能夠接受你的道歉。

我也不是，每一次，都必需接受你的理由。

朋友的餞行會很重要。

和我的電影約會，就不是必要。

一次次的被你說服，只是想展現我的寬容大度。

而我的退讓，卻被你看成了。

我很好說話。

當我忍到情緒的極限。

我們之間的爭吵，就像是火山爆發。

你可以吼我。

你可以罵我。

只是為什麼。

你不肯試著，去了解我。

那一次，當我轉身就走，你不挽留。

我以為，那是我們之間，最不完美的童話結局。

當你說著，你有多愛我、多需要我、多不想要我走。

我的眼淚，跟著你一起落下。

馬上，我又回到了你身邊。

你道歉、後悔的時候，所說的一切，美的像是一幅畫。

那幅畫，就在我眼前，讓我好嚮往。

很快地。

我就知道，原來那幅畫的美景，都是我自己在描繪。

你沒有改變。

你還是你。

自由灑脫、豪放不羈，是我愛上你的原因。

同時也是，我離開你的理由。

抱歉。

我跟不上你的自由豪放。

也不想再去追隨你的灑脫不羈。

忍了那麼久。

終於，我不必再承受。

你情緒爆炸時的尖酸刻薄與情緒失控。

討厭天蠍座

文：765334

　　自從與天蠍座交過手，被傷得傷痕累累之後，便對外放話，再也不跟天蠍座扯上關係。

　　只是，地球是圓的。

　　怎麼走，都還是會走回原點。

　　很不巧的，又遇到了。

　　天蠍座。

　　喜歡看你認真專注的時候。

　　也喜歡你幽默調皮的時候。

　　天蠍座的面向很多，能靜也能動。

　　一開始，對你非常抗拒，也非常排斥。

　　可是，你卻不怕艱難的，持續向我靠近。

　　你很懂我的想法。

　　所以，你總是會不知不覺的，出現在我的團體生活。

　　你很懂我的習慣。

　　所以，你總是會在我閒下來的時間，用手機訊息向我問候。

　　你很懂，我喜歡的是什麼、討厭的是什麼。

明明才認識不久，卻覺得，我們之間有著外人無法理解的默契。

因為，你總是能在我開口之前，將我想喝的飲料，遞到我的面前。

原來，你一直在向我周圍的朋友打聽我。

原來，你一直在默默地觀察我的生活。

始終無視你的我，根本不知曉你的這些小動作。

但是，你的細心與貼心。

真真切切地，打動了我。

晴天，你會特地為我準備，一杯去冰的微涼珍珠紅。

雨天，你會特地出現在我教室門口，只為幫我遞上一把傘。

還有太多、太多，數不清也記不得的瑣碎日常生活。

被你制約之後，我知道。

我已經無路可走。

面對自己的真實心意，是我唯一選擇。

還記得，第一次的電影約會。

你開口,問我的第一句話:「聽說,你很討厭天蠍座？」

是或不是。

我已經混淆不清了。

於是我說：「現在，我也不知道。」

電影開場，照亮了你，有如孩子般的開心燦笑。

門當戶對

文：765334

7 6 5 3 3 4

門當戶對這件事，聽來有趣，卻也從不把它當一回事。

畢竟，一般的尋常人家，並不會有這樣的困擾。

在認識你之前，不清楚你的一切。

直到我們熟絡之後，才知道，我們有不一樣的宗教信仰。

起初是朋友，並不在意這個差異。

等到我們越走越近。

才驚覺。

宗教信仰這件事，似乎在我們的關係之中，占有很重要的分量。

好幾次。

你試探我的心意，問我是否要與你同行，去見見你教會的朋友。

我輕輕的，婉拒了。

沒有為什麼。

只是單純的，沒興趣。

當我向母親談起此事，母親勸我。

如果要跟你再進一步，需要好好地想清楚。

因為，逃得了一次，逃不了一世。

微笑，是我給母親的回應。

當時的我，並沒有對這一切，想得太多。

我們之間的化學變化，火花越來越大。

只差那麼一步，就能跨越普通朋友這個門檻。

雖然很想再往前進一步，心中卻始終惦掛著母親的叮嚀。

猶豫不決之下，再次問了母親的意見。

母親見我，似乎對他不肯放下，她說：喜歡是一回事，現實生活又是另外一回事。

這是母親第一次，對我的感情生活，提出一點點的反對意見。

最終。

我跟他。

還是無疾而終。

而讓我決定踩下煞車的原因，是母親提醒我，他的宗教信仰，不得撚香祭祖。

這個溫柔的提醒，猶如當頭棒喝。

再怎麼捨不得，我還是捨得。

　　因為，自從爺爺離世之後，我想告訴他的好多，都寄託在那一炷清香裡頭。

　　這是我，絕對不容被剝奪的盛重儀式。

　　想不到，門當戶對用在現代。

　　依舊，有它適用的時機。

忍耐

文：765334

聽著你在電話那一頭抱怨。

時鐘。

又走了二十五分鐘。

我的人生。

又浪費了二十五分鐘。

不想打斷你，也不知道要從何打斷你。

每每看到你顯示在手機螢幕。

我總是要先深呼吸。

你還沒開口，我就已經猜到知道，你要說些什麼。

這些話題，只是不斷的重覆、重覆、再重覆。

全世界的人都虧欠你。

全世界的人都冷落你。

他們說。

你是因為服用藥物，才會出現這樣的副作用。

我同情你的遭遇。

也可憐你的身不由己。

於是。

我不停的忍耐、忍耐、再忍耐。

只因為。

我們是無法切斷的血親關係。

終於。

在忍無可忍之後，我告訴你。

「為什麼要這樣對我情緒勒索。」

一個簡單的問題，卻讓你勃然大怒。

你說。

「什麼情緒勒索！」

你幾乎。

是用吼的。

吼出這一句話。

這樣的語調、這樣的音頻。

將我拉回到了，我的小時候。

當你們兩個爭吵。

你正是那樣吼著她、吼著我們。

最終。

她也在忍無可忍之下。

離開。

獨留下我。

面對一切。

直到我終於，脫離你的羽翼。

我以為，我能夠展翅高飛。

卻發現，阻止我越飛越遠的，是你。

讓我想越飛越遠的，也是你。

這樣的矛盾。

使我走不出壞情緒的綁架。

不顧你的怒吼。

我只需要，你給我一個答案。

「你到底還要我怎麼做，才會滿意」

你靜默。

我也跟著恢復平靜。

你這樣的關心，不是愛。

你這樣的問候，不是愛。

你這樣的擔憂，不是愛。

對我來說，以上的一切。

都是恐懼與負擔。

從很久以前，到無止盡的現在都是。

理想的情人

文：765334

765334

眼前的陌生人。

看似不認識，卻又覺得好熟悉。

你緩緩地，在我面前坐下。

在我還措手不及的時候。

香水味。

提醒了我。

原來是你。

看見我放下心房的輕鬆微笑。

你也對我展開燦笑：「好久不見。」

是的。

真的是。

好久不見。

「有十年了吧？」

我們。

對著彼此。

微笑。

仔細的看看你。

除了身形稍微發胖了些。

其他的。

似乎沒有太大的改變。

「你的香水還是一樣。」

「妳的髮型也都沒變。」

這十年的時光，好像，沒有帶走我們什麼。

從來沒想過，會再遇見你。

而且，還是以這麼突然的方式。

再其實，根本沒有想過，也不曾想過。

再見你一面。

「我結婚了。」

在你問我之前，我迫不及待的，想跟你炫耀這些。

你收起了笑容，低頭不語。

「你呢？」

「恭喜妳。」

我知道，你的答案，是沒有。

我永遠都記得，當初我們分開的原因。

我也永遠都不會忘記，分開之後，有多少人，不停的
向我更新你的訊息。

看著你身邊的女孩，一個換過一個。

我心中，始終無法心甘情願的祝福你。

直到現在，看見你的表情。

我，如釋重負。

那種感覺。

像是揚眉吐氣。

像是，最終是我贏得了這場勝利。

「妳改變很多。」

你的笑容，那麼真誠。

「如果當初妳有現在這麼成熟的想法，我們，應該會有更好的結果。」

我，笑而不答。

十年過去了。

你還是不明瞭，你和她之間的開始，傷我有多深。

你只是。

站在你的角度看我。

是我沒有，成為你眼中，那個理想的情人。

我們的重逢。

這樣。

就夠了。

祕密

文：765334

宇宙的定律，著實奇妙又有理可循。

當你越想要一個東西，就越是得不到它。

越是得不到，就越是想要。

越是想要，就越是執著、越是痛苦。

求子之路走的辛苦，卻也甘之如飴。

一開始，旁人的關心與協助，是一種鼓勵。

但是，漸漸地。

這些關心，都成了一種壓力。

真正瞭解你的人。

會在發問之後，察覺你臉上表情的變化。

然後。

再也不過問。

這是一種體貼，也才是真正的關心。

但是，總是還有其他的好多人。

在你選擇不回答，或是轉移話題的時候。

她依然還是，緊追著她的疑惑。

不肯罷休。

當她看見了你的尷尬，不但不休兵。

反而加足馬力，繼續追問。

而她所給予的每一個建議。

不論怎麼去理解。

那似乎都是，一個個的強迫推銷。

最後。

她的臉上，充滿著想挖掘八卦的欣喜。

大家都喜歡祕密。

尤其是，只有妳知道的祕密。

這是一種，與他人情感上最緊密的連結。

也是一種，最牢固的信任。

可是，這些難以對人啟齒的內心事。

殊不知，都變成了，妳廣結善緣的最佳武器。

看著妳那渴求祕辛的貪婪嘴臉。

真是令人敬佩妳的不屈不饒。

那樣掌握他人隱私的大權在握。

已經讓妳拋開了所有的禮義廉恥。

道德的束縛，早已離妳遠去。

那咄咄逼人的語氣，並不是關心。

交換他人的隱私，是妳的慣用伎倆。

因此，妳越是想與他人建立友誼。

就越是得不到他人的尊重。

每當妳靠得越近。

周圍的人，離得卻是，越來越遠。

摩托車

文：765334

理想的愛

踏出校門。

初出社會的新鮮人，為了省那一點點的交通費。

承接了長輩的二手摩托車。

對它沒有太多要求，也不需要華麗的外表，只要功能性還有，騎起來安全即可。

雖然是二手摩托車，卻也跟著我吹風淋雨十個春夏秋冬。

最終，它的健康狀況已不如青壯年，時不時的，開始出現毛病。

以至於，常常需要進廠去保養。

也因為衰老，使它更加的耗油。

壓倒這台二手摩托車的最後一根稻草，是在一個下著雨的傍晚。

一如往常的，尋著返家路線。

下班尖峰時刻，機車道上猛虎出閘般的車流，誰也不讓誰的爭相搶道。

騎上那一條連接兩個城市的大橋。

欣賞著夏天才獨有的橘黃色渲染黃昏。

迎面而來的風不算強勁，卻也需要握好龍頭。

正決定好，晚餐要來一個金仙的蝦捲飯。

下一秒，摩托車的動力越來越弱、越來越弱。

馬上，它就停止了喘息。

本來總是嫌棄它的不好，卻在要與它分離的那一天。

依依不捨。

看著它身上傷痕累累，我卻不曾好好的珍惜它。

看著它陪我征戰那麼多公里，我卻不曾好好的餵養它。

真心感謝，它這十年來的辛勞。

原來我們之間的愛，是在日常生活中緩緩地累積。

這樣平淡的愛，平常不曾察覺。

也不易發現。

離開摩托車行之前，輕輕地、也是最後一次，摸摸它的頭。

耳邊機車行老闆叮嚀著，如何申請政府的補助。

想不到到了分離的這一刻，妳還送了一份大禮給我。

謝謝妳。

寒冷的冰凍

文：765334

住豪宅、開名車，至高無上的尊榮。

那樣的生活品質，人人都在追求。

已經有了這樣的人生，是否就應該要滿足。

在她臉上，卻看不到，一點開心的模樣。

在道德觀念的束縛之下，她只能，動彈不得的住在那豪宅裡。

在母愛不捨的親情綁架之下，她繼續，開著名車接送孩子。

「還好嗎？」

南臺灣的大太陽，照在冬日的皮膚上，甚是溫暖。

沒有一點笑容，她低頭不語。

「孩子呢？」

配合眼前小鳥的舞姿，試著轉移話題。

「大了，管不動了。」沒有一點情緒的波動，她冷冷地說著。

我好懷念，年輕時，自信瀟灑又漂亮的她。

伸出手，輕輕地，握著她的手。

就像是很久以前，她總是牽著我到雜貨店買糖果一樣。

再怎麼炙熱的陽光，都加熱不了，她手心的冰冷。

終於，她轉頭看向了我。

她眼裡，已經八分滿的淚水，讓我立刻撇開了頭。

除了心疼，更多的是不捨。

沒有問，她便開始說起了故事。

那樣的不堪，與外人傳說的，相去不遠。

我的激動，讓我將她的手，越牽越緊。

那一股寒冷的冰凍，像是電流一般，流到了我的心裡。

當她開始哽咽，我也忍不住落淚。

婚姻最終，如果只剩下那一張紙，到底還堅持著不走，是為什麼？

「我不甘心。」

她眼中淚水的顫抖，完整的呈現出，她的怨懟。

「他都不怕人家說話把人帶回家了！」

「我要保護孩子。」

好了，我知道了。

就此打住。

因為，我終於明瞭。

不論怎麼勸、怎麼說，她都不會改變心意。

親愛的妳。

妳是否知道，那不是愛。

那是，凌遲式的情緒勒索。

對妳、對孩子。

對周圍的我們來說，都是。

愛

文：765334

一旦陷了進去，就很難脫身。

像是捲進了滾滾黃沙之中，看不清眼前，分不出方向。

順著狂風，讓它帶著自己飛揚。

曖昧。

它正是冬天裡的暖陽。

夏天裡的涼爽微風。

春夏秋冬，每個季節，都很美好。

心中總是時時刻刻都有個期待。

期待，見到對方的那一刻。

而在等待之前，胸口醞釀著喜悅的情緒。

像是花開、像是高飛，漫無目的地不停衝撞著自己。

戀愛。

它像是冬日裡，寒流來襲時，喝下一口的滾燙奶茶。

也是豔陽下，汗流浹背時舔的一支冰淇淋。

春夏秋冬，每個季節，都很轟轟烈烈。

心中總是滿滿的興奮。

興奮，與對方相處的時時刻刻。

而在相處之前，胸口醞釀著的喜悅，早已衝破天花板，就要壓垮自己。

像是暴風、像是暴雨，又急又狂的令人眷戀不已。

令人沉溺的愛戀，美好到無法自拔。

可是。

這樣的美好，卻是兩面刃。

在無形之中，它讓我們失去了自我。

遺失了原本的自己、原本的生活、原本的人生。

取而代之的，是對方的一切。

那是愛。

卻是令人窒息的愛。

不能呼吸，無法喘息。

努力想跟上的，是對方的腳步、對方的生活。

付出自己所有的所有，只求能待在對方身邊直到永遠。

抽離了自己的靈魂，猶如行屍走肉。

究竟。

令人上癮的，是對方這個人類軀體，還是戀愛的感覺。

或許，我們戀上的。

只是那一份，因愛情而生的喜悅。

邂逅

文：君靈鈴

　　邂逅就像一場美麗的意外，來的匆忙但不讓人討厭，也像一股和煦的微風吹拂在人的心肝上，帶來一陣陣細微的搔癢。

　　雖然，每段邂逅的開始都不一樣，結局也不盡相同，但無可否認邂逅這件事在愛情中是一個特殊且大部分被定義為美好的存在。

　　但如果最後結局不能圓滿，有些人或許就將當初的邂逅當成一場那時還未能預知的災難，氣憤自己當時怎會被醉人的氛圍所縛，一頭栽進了愛情的漩渦中無法自拔，直到走過一段坎坷一段悲催一段刻骨銘心才明白，當初的美好邂逅只是幻象，在幻象背後是一段現實一段不合一段難以言喻。

　　但人類是情感的動物，即便如此也不該對愛情全盤失望，這世界上一定有個人是適合自己且真心愛著自己的，而要達到這個目標的前提，還是少不了邂逅。

　　或許每回的邂逅都帶來不一樣的感受，也或許每回的邂逅都是由對變錯，更或許每回的邂逅都帶著一股不確定的氛圍，但請不要忘了兩人邂逅那一瞬間的美好。

　　那一瞬間可能是驚艷也可能是驚訝，而在雙目相接之中迸發的電光火石很顯然只屬於你們二人，那一瞬間的心兒顫動不意外會為人帶來想要戀愛的勇氣。

158

所以就算在愛情路上跌跌撞撞，也請別拒絕邂逅來訪，因為說不準下一次的邂逅來臨時，也是幸福鐘聲敲響的時刻呢！

比起厭惡，何不讓人生充滿期待呢？

有意義？沒意義？

文：君靈鈴

什麼事叫「有意義」？

什麼事叫「沒意義」？

光就只差異一個字的這六個字真要認真聊的話，那還真是有無限可能，因為每個人定義不定，有些人認為有意義的事有些人卻嗤之以鼻，但反過來也是同樣情形。

但說實話有時何必太在意他人的看法把自己搞的疲累不堪，做著他人口中有意義但自己卻毫無興趣的事，就這樣日復一日越來越沒勁兒，就算這件事再有意義也會變成沒意義。

我們都不知道自己的人生會有多長，沒有人可以去預料自己的最終日是什麼時候，所以在不危害他人的前提下，何不讓自己快樂一些？

把心裡積存很久想做的事做了，為說了很久卻沒做的事行動起來，就算只是爬座小山或是拼個拼圖，只要自己感到快樂，那這件事就是有意義的。

不用太在乎他人說「平時工作都這麼累了，休假還去爬山有意義嗎」這種話，也不用在意他人說「拼圖拼完之後到底可以做什麼」這樣的話。

很多事不是結果重要，而是在進行的過程中得到的快樂，那種發自內心真正的快樂，才是我們做那件事的真諦，意義不意義有時候真沒那麼重要。

有些小事不是非要他人給予肯定的定義，這件事做了才有價值，既然是小事，只要自己是開心地完成，那麼就很值得。

所以有時何不讓自己輕鬆一些，擁抱僅屬於自己單純的快樂呢？

變化萬千

文：君靈鈴

　　疫情、缺水、停電、宅家，這四個關鍵詞在這段時間內席捲了人們的生活也帶來了許多不便。

　　很多人不習慣，抱怨疫情討厭缺水痛恨停電恨透宅家的同時也疑惑為什麼這個世界變成這樣，好像不再是自己認識的那個世界。

　　但別忘了，世界的一切本就是瞬息萬變的，就像天空可能瞬間下雨又瞬間放晴般，這樣的變化也是人之常情，但看人們如何去解讀自己周遭發生的一切，又是用什麼心態去面對這一切。

　　當然，說來容易真要面對實不容易，畢竟在這個什麼都方便且醫療發達的時代，像這般一發不可收拾的疫情又或是缺水停電甚至是盡量不出門這樣的事在之前大家都是不認為會發生的事。

　　可上天總愛開玩笑這一點無可否認，當某些人事物已達到一個頂峰，神奇的大自然反撲就會來襲，我們不是沒遇過，卻老是在遇過之後忘了自己曾經經歷過，然後無止盡的抱怨碎念，卻沒想過要多愛地球一點也多關懷幫助需要幫助的人多一點，更甚者是對自己好一點，而不是每日在忙碌到不知天明天黑的日子中撐著過下去。

　　變化一直都在，只是有大有小，這段期間的大變化或許可能希望可以慢慢走入尾聲讓一切變得較平靜些，然後在一切慢慢步回正軌的同時也不要忘記該多愛人與自愛，讓風雨過後的世界變得更美好。

半糖主義

文：君靈鈴

理想的愛

　　柳曼是個很特別的女生，她今年三十歲，有自己的事業，而對於愛情她也有自己的一套，那就是半糖主義。

　　「曼姐，這是什麼意思？」

　　柳曼的祕書語瑤剛上任不久，因此她們倆還不算熟悉，今天也是恰好一起吃午餐才有閒暇閒聊然後提到愛情這個話題。

　　「意思就是談戀愛不要只想聽甜言蜜語。」

　　柳曼會有這樣的觀點其實也是以前吃過虧導致，現在說出來也只是想眼前這個情竇初開的小女生可以眼睛放亮點，不要活在童話世界裡。

　　「但是情人之間很容易對彼此說甜言蜜語吧？」至少語瑤是這樣認為的，而且覺得這樣談戀愛才是對的。

　　「我沒說不能說，只是適度就好，過度的糖衣包裝對戀情的幫助並不大，因為很可能在糖衣之下是不堪入目的內容物。」

　　想起某任男友把自己整個一蹋糊塗的往事就讓柳曼的眉頭皺了起來。

　　「也就是說甜言蜜語其實只是好聽而已，比較起來還是選說話實在一點的人比較好嗎？」

　　語瑤總算是懂了柳曼話裡的含意。

168

「對，但也不能一竿子打翻一船人，有的人會說話但也很實在，只是我們在面對過高的糖分時真的要留心，要不有時真的會吃虧。」

這是柳曼的真心話也是她親身經歷過才有的體悟，很多時候人都會被過於華麗的包裝或是天花亂墜的話術給吸引，間接失去了判斷力最後導致自己吃了大虧。

愛情要長久不能沒有糖分，但也不能只有糖分，或許就如柳曼說的，半糖是最好的選擇吧？

表面

文：君靈鈴

　　有的朋友自從認識之後就知道她是外貌協會，男友非帥不交，但也屢屢在這點上受到挫敗，因為她通常都只看外表根本不在乎對方個性如何，常常因為這樣被劈腿或遭受不好的對待。

　　當然，我們不能一竿子打翻一船人，不是帥的人就一定渣，但在看外表定論之前是否應該再把其他因素考量進去，否則個性不合的兩人要如何相處下去？更別提倘若遇到有特殊癖好或是暴力傾向的人時，後果會有多嚴重。

　　後來這位朋友在換過幾任男友之後終於頓悟，她發現帥的男人或許真的很養眼很顧眼睛，但個性才是重點，外表是其次，可她一開始真的很不適應，所以過了很長一段空窗期，長到她都開始覺得自己一直單身下去好像也不錯，但這時 A 出現了。

　　A 的外表雖不如朋友以往交往的對象優秀，但是個性很好很溫柔，朋友在跟 A 出去了幾次之後發現原來自己想要的是像 A 這樣的人，雖然看上去樸實無華但內心卻有無數寶藏可以挖掘，這時的她苦笑著笑自己以往真的離譜，居然只看表面就認定一人然後才在愛情路上跌跌撞撞了這麼久，但幸好她現在遇到了 A，而 A 也對她一心一意相當體貼。

　　其實，人很容易被第一眼印象給吸引也喜歡鍾愛美的人事物，但在愛情這條路上，不是帥或美就可以幸福美滿，倘若對方性格人格有瑕疵，那麼這條路要走下去幾乎是不可能的任務。

枷鎖

文：君靈鈴

　　愛情這兩個字有時候對某些人來說是一種枷鎖，但很可惜的是被這些枷鎖鎖住的人大多沒有察覺，一心一意的付出全心全意的守護支持，但他們不知道自己已經被鎖住了，而且自己也讓自己沒有喘息的空間，在跟對方在一起的這段時間或甚至這一生就這樣毫無所覺的規範自己，只為了心愛的人而且心甘情願。

　　這樣的情況好不好呢？

　　這種事通常不會有定論，畢竟真實被套上枷鎖卻無所知的人並不認為自己趨於下風反而認為自己的付出是為了一份自己想守護的感情，而他既然不認為自己被鎖住了，他人也不好說什麼，畢竟是本人心甘情願的一件事，他人的確沒有立場置喙太多。

　　不過失去自我這件事在某個層面上並不算是一件好事，當一個人忘了該多愛自己一點該多對自己好一點時，內心逐漸累積的疲累會找不到宣洩的出口，如果又倒楣的遇上一個不懂珍惜這份付出的人，那麼不只疲累會加深更甚者可能會發現自己有一天會忽然愣住了，赫然驚覺自己的人生好像什麼都不剩，連自己都找不到自己了。

　　所以如果可以，請別忘了除了需要守護或支持的人之外還有自己的存在，認真對待一份感情對待一段愛情雖是談戀愛的必要課題，但倘若這份感情的核心是一副枷鎖，鎖住了該多愛自己的念頭，甚至還因為這樣的情況被所愛之人牽制，那就太可悲了。

答案——無解

文：君靈鈴

很多時候有些問題的答案是無解的，就像我們被問未來會如何但卻回答不出來，因為世事難料而未來無法預知，而愛情這件事有時候也是這樣。

問為什麼愛上了，思來想去卻發現答案好似有很多又好似很單純，但真要說出口的話又不知從何說起，莫名其妙成為一個未解的謎。

但愛上一個人的感覺是很美好的，不管是什麼理由或甚至是一直無解，可充沛的情感滿溢在心中無法抑制，即便愛上的答案無解但愛就是愛了，有時候倒也不是太重要。

不過若是要分手了，那大抵就什麼答案都能聽到了，例如「我不愛你了」、「我愛上別人了」、「我覺得我們不適合」、「我們好像契合度不太好」、「對不起，我爸媽不喜歡你」之類的，之前的愛在變質後消失，但可笑的是就算聽了理由，很多人還是在受到傷害後仍是一頭霧水。

但其實不需要太糾結，不愛就是不愛了，不愛你的那個人可以找一千個理由來逃脫與你的聯繫，用一萬個藉口來切斷與你的情感，若是不相信他這一千個一萬個理由而再逼問他，也只會得到一句「總之，我不想再跟你在一起了」。

為什麼？

　　愛情有時候就是一種感覺，感覺不對了或過了要再繼續相愛需要克服的問題就變多了，有些人可以攜手走過去有些人則選擇分離，僅此而已。

　　這樣的無解別去糾結，因為即便真的找到了答案，身邊人也已不在，糾結沒有任何意義。

或許

文：君靈鈴

　　或許我們都忘了，其實愛情的本質是美好的，只是在時間的催化下會有不同的改變。

　　或許我們都忘了，其實愛情不能只靠美好的想像，應該用真心經營及真誠的付出才會有好的結果。

　　或許我們都忘了，其實愛情有時會傷人很重，老是遺忘該叮嚀自己不要重蹈覆轍才不會再走一回曾經經歷過的傷痛。

　　因為這些或許，所以很多人在愛情路上跌跌撞撞，靠著幻想走入愛情道路，卻在時間的洗禮與沒有付出全部真心誠意之下不斷迎來不想要的結果，然後持續在傷痛上打滾。

　　可能，或許有些人不在意這些，這個不行再找下一個便是，想著總會有人符合自己內心的幻想，王子與公主的童話故事在現實生活中雖然罕見但也不是沒聽說過，所以繼續幻想自己也會有這麼一天。

　　但這一切通常都只是「或許」，可能性有多少其實連自己也不敢保證，可仍催眠自己只要有耐心，一切都會變得不同。

　　很多時候想變得不同關鍵點其實在自己身上，萬事都往好處想雖然是樂觀的表現，但不懂得居安思危卻是人生

大忌，因為人沒有完美的，就連我們自己都是如此，所以只靠想像並不能獲得所謂完美的愛情。

愛是一種簡單又複雜的情感，更不是三言兩語就可以道完的深奧，但只要不好高騖遠，幸福感還是會在某個時刻悄然來訪，單看自己是否願意為它開門而已。

您先請

文：君靈鈴

　　人生在世總有跟人競爭的一天，當然心態不同競爭的次數大抵也不相同，但競爭這件事就是件可能會在意料之外的時間發生或是本來就立定好的時刻發生，但競爭這件事是好事嗎？

　　基本上這並不是件好定論的事，畢竟很多人都知道良性的競爭可以使人成長也有許多加乘效果，就看是對哪個方面了。

　　但很多時候所謂良性的競爭會在太過激烈的戰局中失控，友好的場面瞬間不見蹤影，剩下的是爭個你死我活不達目的誓不罷休的危險情境。

　　這時候就可以肯定這不是件好事而是件壞事了，因為通常事件演變至此到最後的結果很可能是兩敗俱傷而讓他人得利或甚至無任何贏家變成人人都是輸家。

　　但要創造雙贏的結果也不容易，因為人的競爭心一但升起，如果沒有把持住分寸，心態就會漸漸扭曲，心中只想贏卻忘了其實有時候輸也不是件壞事，畢竟老一輩常說的「吃虧就是占便宜」這句話流傳已久，雖不是一定如此卻有其道理存在。

　　有些事不是非要爭個勝負或先後就算贏，徹底分析看清楚事件對自己未來的影響及是否危害到對自己有益的人

際關係有時才是重點，說一句「您先請」並不會少塊肉，但帶來的後續效應卻可能是讓人意想不到的滿意。

　　常言道「退一步海闊天空」，在發現競爭不如自己預期的為良性時，那就請不要讓它惡化，如果另一方怎麼都不退讓，那就讓我們以身作則吧，說一句「您先請」有時候不只是一種化干戈為玉帛的方法，或許也是另類收穫的開始。

六月雪

文：君靈鈴

明明是炎熱的六月天，但盼盼心裡卻是在下雪。

冷的寒意讓她整個人從頭至尾都涼透了，涼到連心痛都感覺不到，只能呆呆看著那遠去的背影，然後任由淚水在背影終至消逝的那一瞬間滑落臉頰。

這段感情是她強求來的，所以她一直戰戰兢兢的維護著，但她沒有想到自己全心全意的付出換來的還是自己最不想要的結果。

她本還想著下個月跟他一起到哪裡走走，以為他近日的冷淡只是歷來的慣性周期，但事實卻是他鐵了心要離開她，才會讓這場六月雪在她心頭肆無忌憚地綻放。

「強求不會幸福」這句話很多人跟她說過，但她總是不聽，覺得只要自己夠努力夠深情，他就會被她感動，就會一直留在她身邊。

可事實上跟他在一起的這兩年她的日子過得很辛苦，每天活在可能會失去他的恐懼之中，人也越來越神經質，彷彿全世界的女人都是她的敵人，甚至還有一股想把他直接綁在身邊不讓他出門的念頭。

純粹的感情已經變質了，但她沒搞懂，又或者說在他決絕說出分手之後她才恍然大悟，原來不是她不夠好也不是他們兩個沒緣分，而是她的強求與執著讓人喘不過氣，

就算曾經為她的付出感動過，這些感動也在她後來偏激的思想跟行為中被悄悄損耗了。

　　愛情二字需要兩個人才能成局，而成局之後在局中如何相互配合與彼此磨合則是這個局最大的重點，偏激成不了大事，神經質更是壞局的根本，如何才能達到理想，分寸拿捏的尺寸要非常注意，要不只會成為一場殘局而已。

婚前契約

文：君靈鈴

　　曾經遇過幾個朋友在結婚前都在猶豫到底是不是該跟對方口頭或甚至是白紙黑字寫下一些約定之類的話語，但又怕這樣太過於直率的情況會讓對方認為在婚前這種行為跟簽契約沒什麼兩樣會讓人觀感不好。

　　所以猶豫再猶豫的結果是幾個這樣做了幾個沒做，但結果也是不太相同的，畢竟每個人接受度不同，在婚前做這樣的動作也是有些人覺得可以認同而有些人會覺得不舒服。

　　然後問題就來了，這紙在婚前像契約的東西到底該不該存在又該不該簽？

　　有人覺得必要，也有人覺得不需要，總之各方意見很多，因為會發生的後續效應是讓人無法預料的。

　　就像阿虹她跟現任丈夫在婚前沒有做這方面的動作，婚後目前兩人相處得很好很愉快，而阿彩雖然沒有白紙黑字，但在婚前跟未婚夫談了一晚，最後兩人卻決定不結婚了。

　　這樣的結果在表面上看來似乎是把話說清楚的出了問題，可實際上說清楚與不說清楚都有可能發生問題，最大的癥結點還是在於彼此相守的心意堅不堅定還有對彼此是不是夠瞭解以及周遭許多因素影響。

　　不是說把話說清楚就會馬上一拍即散，當然也不是只沉浸在即將結婚的喜悅中不顧其他這段婚姻就會長久，不管如何溝通都是人與人相處之中很重要的一個環節。

　　不說清楚美好可能只會曇花一現，說清楚遇到的情況也可能是長痛不如短痛，因為婚姻本身就是個彼此都有意願簽定的一份長久契約，如何去決定要怎麼走向下一步並能永久走下去，說穿了就是有沒有共識而已。

包容不等於縱容

文：君靈鈴

理想的愛

有天跟朋友約了在外頭吃飯，卻不料她帶了一個意外的訪客，不過這也無妨，畢竟交朋友是件好事，大家也就一同入座。

只是在席間那位新朋友一直呈現一副鬱鬱寡歡的模樣，本來以為是她怕生慢熟，但後來才發現原來她是仍在情傷中尚未恢復。

最後在正餐結束後她吃著甜點，也不知道是不是因為甜味稍稍沖淡了她內心的苦痛，她開始侃侃而談說起自己的遭遇。

前男友傷她很深，而她會傷得這麼深的原因是因為她的一片真心一再被踐踏，她沒有想到自己一次又一次的包容最後換來的是對方無情的甩手離去，瀟灑的不留一絲餘地。

而在她的言談中可以發現，她至今仍未察覺自己所謂的包容其實在她那段愛情後期中已經變調成為一種縱容，當對方發現妳的底線越來越低或甚至已經看不到底線，那麼為所欲為就會出現，至少這位新朋友的情況是如此。

一而再再而三的包容有時候並不會得到對方的感激與感動，只會讓自己變得更不堪而已。

什麼事能包容什麼事不能包容端看自己判斷，但在決定包容前也該想想如果自己這麼做了，那後果會是如何？

一次兩次三次，如果一再心傷的都是自己，那麼這種包容還有意義嗎？

包容與縱容或許給人感覺很像但實質上的意義是完全不同的，愛情可以很瘋狂但請不要讓自己失去了該保有的尊嚴與自我。

精緻的愛

文：君靈鈴

「妳知道嗎？我以前都覺得談戀愛就是應該別人有做什麼我跟他也得跟著做什麼，就是⋯⋯」

「看夜景、看電影、牽手約會、記得每一個紀念日之類的？」

「對，就是覺得好像要這樣才對，可是後來我慢慢發現好像這麼公式化的戀愛似乎太過精緻，實在不太適合我。」

對面的朋友自己說著說著就笑了，引來周圍其他客人的側目，但她一點也不在意，還是嘲笑著自己不適合過精緻的愛情小日子。

但其實本來每對戀人談戀愛時的方式就都不同，可能剛開始時一些被謂之「基本」的事，不做好像是怪怪的，但慢慢的日子過去後大抵都會發現兩人之間應該怎麼相處才會更舒服。

而對於這位朋友來說，她覺得自己就不適合太精雕細琢的戀愛方式，得花精神去記每個紀念日然後想點子慶祝，又或者是假日非得一定兩個人要一起出去到哪兒去跟人潮擠一擠，這些事都讓她後來覺得不止她累，她的另一半也跟著很累。

說來愛情很多時候並不需要太過精緻，隨心而動或許會比汲汲營營刻畫構築一座夢想的堡壘更加來的有意義，但也不是說這樣不好，只是每個人個性都不盡相同，可能

有些人適合皇家模式氣派輝煌，但有些人就是覺得小家碧玉才自在逍遙，這種事沒有誰對誰錯，只有自己內心感覺舒不舒適而已。

因為無論如何再怎麼說，談戀愛都是兩人之間的事，做太多制式化或是出於只想讓人羨慕的心態之類的事，累的就是自己而已。

燭光閃閃

文：君靈鈴

　　有時候會很懷念很小的時候，在那個年代如果停電的話，首要想到的東西除了手電筒就是蠟燭。

　　在記憶中，在一片漆黑之中點燃蠟燭擺上桌面，不知為何都會有一種特殊的氣氛瞬間散發開來，覺得好像很適合講鬼故事，也覺得適合家人們一起談天說笑，停電這件事說來可怕卻也好玩，而點上蠟燭的氛圍真的與平常很不一樣。

　　好玩的是不是單一家如此，在當年是只要一停電大家的第一反應就是大喊停電然後找手電筒找蠟燭，接著點上幾根蠟燭，在這燭光閃閃的夜晚圍坐在一起，享受另類的快樂。

　　這是一種單純的快樂，在那個手機不發達的年代，沒有電等於沒有娛樂，因為看不了電視就只能圍在一起聊天，但如果很不幸的家裡只有自己在，那燭光閃閃很可能會不小心變成鬼影幢幢，一部自己嚇自己的戲碼大抵就此上演，外頭一點點風吹草動都會變成自己嚇自己的最佳道具。

　　但這樣燭光閃閃的時刻還是很令人懷念，可能是因為社會進步的步調太快又或是人與人之間的聯繫方式改變了，所以導致較久遠以前的歡笑與溫暖彷彿慢慢的消散了。

　　有時候越單純越讓人覺得幸福，一根蠟燭一杯熱茶都能為我們帶來幸福感或滿足感，只是現在要尋回那種感覺似乎也有點難了，在變化太大的此時此刻只希望我們偶爾能尋回當初的純真，僅為了燭光閃閃而感到興奮感動。

彎路

文：君靈鈴

　　人在愛情路上到底要走多少彎路才能得到真正的幸福？

　　這個答案芸妮不知道，也不知道自己什麼時候才能知道，因為她已經在愛情路上跌跌撞撞了很久，卻一直尋不到良人，只帶給她一次又一次的傷害。

　　這一條又一條的彎路讓她慢慢地失去了對愛的渴望及信心，她甚至想著自己可能這輩子也得不到幸福，就像她母親一樣為了愛付出所有卻因為父親愛尋花問柳而傷透了心。

　　雖然曾經她也對自己發誓，她絕對不要跟母親一樣，但現在或許情況不同，她知道自己對愛的態度也即將跟母親一樣心如死灰。

　　或許一個人才是最好的吧？

　　獨自走在回家的路上，她這樣問著自己，但內心卻是兩道聲音在對抗，一個勸她不要放棄一個卻勸她說不定下一次相遇就很美好。

　　到底該信誰呢？

　　芸妮苦笑著搖頭，卻因為低頭在轉角處撞上了一個人。

　　「抱歉！」

　　「高芸妮？」

　　抬頭道歉的同時芸妮聽到對方喊了她一聲，她一細看才發現居然是許久不見的高中同學。

　　而這時的芸妮還不知道，眼前這位西裝筆挺，看起來跟學生時代完全不同男人對自己以後的人生會造成什麼樣的影響，直到三年後她披上婚紗的那一刻，看見男人帶著溫柔的微笑看著自己她才赫然驚覺，這段戀愛她一點彎路都沒有走。

　　因為他的爽朗直接給足了她安全感，回應絕不支支吾吾也不拖泥帶水，在她需要的時候給予溫暖在她難受的時候給予懷抱，對她的態度永遠是坦坦蕩蕩，所以彎路在他們的愛情中不存在，最後也因為這條筆直的路讓他們手牽著手直接走向人生的下一個階段。

國家圖書館出版品預行編目資料

理想的愛 / 藍色水銀、語雨、765334、君靈鈴　合著-初版-
臺中市：天空數位圖書　2022.01
面：14.8*21 公分
ISBN：978-986-5575-78-6（平裝）

863.55　　　　　　　　　　　　　　　　　111001103

書　　　　名：理想的愛
發　行　人：蔡秀美
出　版　者：天空數位圖書有限公司
作　　　者：藍色水銀、語雨、765334、君靈鈴
編　　　審：此木有限公司
製 作 公 司：小馬工作室有限公司
美 工 設 計：設計組
版 面 編 輯：採編組
出 版 日 期：2022 年 1 月（初版）
銀 行 名 稱：合作金庫銀行南台中分行
銀 行 帳 戶：天空數位圖書有限公司
銀 行 帳 號：006-1070717811498
郵 政 帳 戶：天空數位圖書有限公司
劃 撥 帳 號：22670142
定　　　價：新台幣 360 元整
電子書發明專利第 I 306564 號

紙本書編輯印刷：
電子書編輯製作：
天空數位圖書公司　E-mail：familysky@familysky.com.tw　http://www.familysky.com.tw/
地址：40255台中市南區忠明南路787號30F國王大樓　Tel：04-22623893　Fax：04-22623863